U0068134

獻給 Remi ～ MM · 獻給 Jinny ～ AD

繪本 0150

班班愛漢堡

作者｜艾倫·都蘭　繪者｜松岡芽衣　譯者｜蔡忠琦

責任編輯｜張淑瓊、余佩雯　美術設計｜張欣怡　行銷企劃｜高嘉吟、劉盈萱、林思妤

天下雜誌群創辦人｜殷允芃　董事長兼執行長｜何琦瑜
媒體暨產品事業群
總經理｜游玉雪　副總經理｜林彥傑　總編輯｜林欣靜　資深主編｜蔡忠琦　版權主任｜何晨瑋、黃微真

出版者｜親子天下股份有限公司　地址｜台北市 104 建國北路一段 96 號 4 樓
電話｜（02）2509-2800　傳真｜（02）2509-2462　網址｜www.parenting.com.tw
讀者服務專線｜（02）2662-0332　週一～週五：09:00~17:30
讀者服務傳真｜（02）2662-6048　客服信箱｜parenting@cw.com.tw
法律顧問｜台英國際商務法律事務所·羅明通律師　製版印刷｜中原造像股份有限公司
總經銷｜大和圖書有限公司　電話（02）8990-2588
出版日期｜2005 年 11 月第一版第一次印行　2023 年 7 月第一版第十三次印行
定價｜280 元　書號｜BCKP0150P　ISBN｜978-986-398-032-2（精裝）

──────────── 訂購服務 ────────────
親子天下 Shopping｜shopping.parenting.com.tw　海外·大量訂購｜parenting@cw.com.tw
書香花園｜台北市建國北路二段 6 巷 11 號　電話（02）2506-1635　劃撥帳號｜50331356 親子天下股份有限公司

立即購買 >

班班愛漢堡

文 艾倫‧都蘭　圖 松岡芽衣

班班不喜歡吃蔬菜。
他不喜歡紅蘿蔔，
青豆也不愛。

綠花椰菜、白花椰菜、抱子甘藍、
番茄、萵苣……

這些東西班班一點都不愛。

班班喜歡漢堡，班班愛漢堡。

班班唯一想吃的食物就是漢堡。

媽媽警告他：「總有一天，你會變成

大漢堡！」

有一天，班班真的變成了漢堡。

他才離開「巨無霸漢堡」店，
突然來了一隻狗，對著他嗅呀嗅。
「嗯，」小狗喜歡班班的味道，
「聞起來好香好好吃呵！」
牠張開大嘴，一直流口水……

「小心！班班，快跑！」媽媽大叫。

班班趕快逃，沿著街道拼命的跑，
後面緊跟著貪吃的小狗，一心一意想吃肉。

「我不是漢堡，我是小男孩！不要跟著我！」
班班邊跑邊叫。

小狗繼續追，而且，很快的，
一隻變兩隻、兩隻變三隻、
然後，四隻、
五隻、六隻、七隻、
八、九、十……

這些小狗追著可憐的班班，又吠又叫。

班班逃到一座到處都是母牛的牧場。

「我要躲在這裡，」他心裡想，「這是安全的地方。」

但是母牛生氣的哞哞叫。班班問：「你們為什麼生氣？」

母牛甩了甩尾巴說：「難道你不知道

漢堡是什麼做的嗎？就是我們！」

「我不是漢堡，
我是小男孩！
不要過來！」
班班大叫。

班班繼續往前跑，

跑過田野，越過小溪，

後面緊追著一群小狗和一群母牛。

班班看見幾個玩球的男孩。

「救命啊！」他上氣不接下氣的說，

「救救我，我遇上了大麻煩！」

男孩們停下來，

他們瞪大眼睛看著班班，

不敢相信自己看到的景象。

男孩的肚子咕嚕咕嚕叫，他們舔舔嘴巴，
一起歡呼：

「漢堡時間到了！」

「我不是漢堡，
我是小男孩！
你們想
幹麼！」
班班大叫。

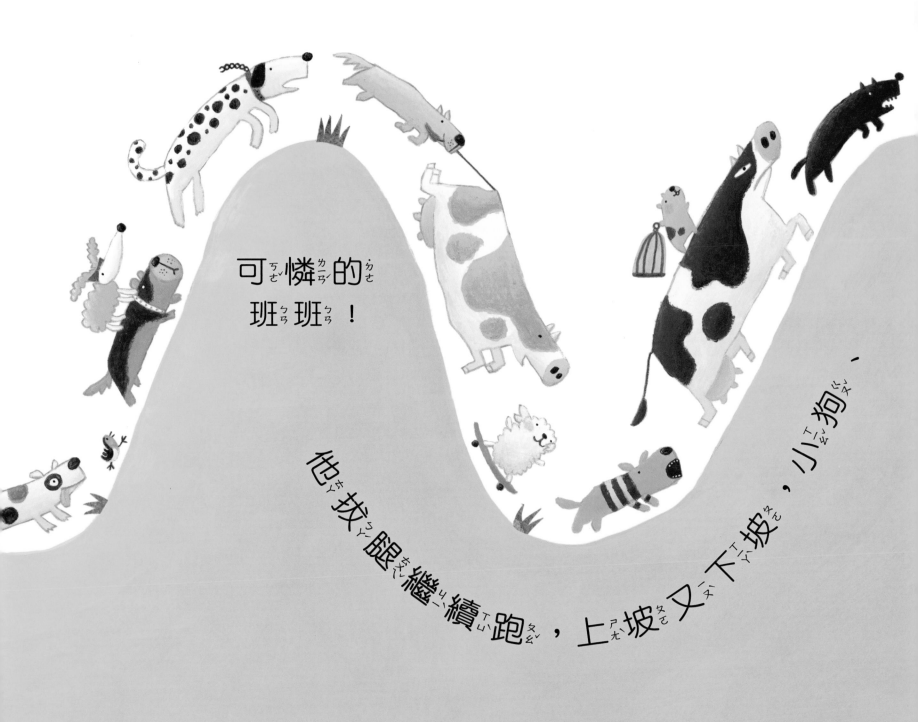

可憐的班班！

他拔腿繼續跑，上坡又下坡，小狗，

母牛，和肚子餓扁的男孩們，都在後面追著跑。

這時候……

啊，糟糕！一片車海擋住，

班班沒辦法繼續跑。

他被困住了。

不能前進，也不能後退。

眼看就要成為特大號的

漢堡點心了！

但是……有輛貨車突然停下來。

「要搭便車嗎?」司機大聲問,「快!跳進來!」

終於安全了,班班一邊跳上白色大貨車,一邊想著。

可是他完全不知道,貨車竟然載他回到

惡夢開始的地方!

司機把班班帶進「巨無霸漢堡」店，
他用冰冷的聲音說：

「快來嘗嘗我的超級漢堡，
一份只要五十元。」

「我不是漢堡，
我是小男孩！
救命啊！」
班班大叫。

「會說話的漢堡！」
老闆開心的大笑：
「那我可要賣雙倍價錢呢！」

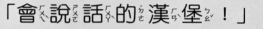

情況看起來對班班不太妙。

刀子正往他的麵包身體一靠。

就在這時候，媽媽衝進來大叫：

「不准碰那個漢堡，他是我的兒子！」

她_{ㄊㄚ}帶_{ㄉㄞˋ}班_{ㄅㄢ}班_{ㄅㄢ}回_{ㄏㄨㄟˊ}家_{ㄐㄧㄚ}，

餵_{ㄨㄟˋ}他_{ㄊㄚ}吃_ㄔ水_{ㄕㄨㄟˇ}果_{ㄍㄨㄛˇ}和_{ㄏㄜˊ}蔬_{ㄕㄨ}菜_{ㄘㄞˋ}，

漸_{ㄐㄧㄢˋ}漸_{ㄐㄧㄢˋ}的_{ㄉㄜ}，他_{ㄊㄚ}的_{ㄉㄜ}漢_{ㄏㄢˋ}堡_{ㄅㄠˇ}身_{ㄕㄣ}體_{ㄊㄧˇ}邊_{ㄅㄧㄢ}緣_{ㄩㄢˊ}，
開_{ㄎㄞ}始_{ㄕˇ}有_{ㄧㄡˇ}了_{ㄌㄜ}小_{ㄒㄧㄠˇ}男_{ㄋㄢˊ}孩_{ㄏㄞˊ}的_{ㄉㄜ}樣_{ㄧㄤˋ}子_ㄗ。

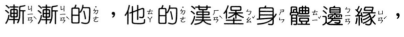

「我又是個
小男孩了！」
班班歡呼：
「萬歲！萬歲！」

「從今天起，
我再也不要吃
任何一個漢堡了。」

班班真的做到了。

紅蘿蔔、白花椰菜、綠花椰菜、萵苣、青豆……

他只吃這些菜，別的都不愛。

蔬菜是班班的最愛，他怎麼吃也吃不夠。

以前的他大口吃肉，現在的他大口吃菜。

媽媽有點擔心。

警告他，說：「班班，你最好小心點。

如果你只吃蔬菜，說不定有一天……

你ㄋㄧˇ又ㄧㄡˋ會ㄏㄨㄟˋ變ㄅㄧㄢˋ —成ㄔㄥˊ —蔬ㄕㄨ —菜ㄘㄞˋ！」

嗯，好吃好吃……

作 者 艾倫・都蘭

　　出生於英國蘇里（Surrey），曾在英國南部克羅伊登（Croydon）的聖三一堂中學（Trinity College）就讀，後來進入牛津的基布爾學院（Keble College）研讀英國文學，也曾旅居巴黎多年。現在他與妻子和三個小孩住在英國南部的薩里郡（Surrey）。

　　過去他都住在倫敦都會區附近，擔任作者、出版者或版權人員的工作。

　　他曾創作圖畫書、兒童讀物和少年小說，也編纂了許多文章選集。他寫詩，曾贏得英國著名連鎖書店 Waterstone 的比賽。他時常參訪小學和中學，並且在那裡發表演說、舉辦工作坊，也參與演出。

繪 者 松岡芽衣

　　2003 年，主修插畫的松岡芽衣畢業於 Kingston 大學。她是英日混血兒，在日本出生，十一歲之前居住在日本。英日混血的背景對她某些作品有很大的影響，她創作風格獨特，喜歡用線條，也喜歡色彩創作。這是她的第一本繪本。過去她為一本短篇故事所畫的插圖，在聯合國教科文組織主辦的比賽中榮獲第一名。

　　松岡芽衣對音樂、旅行（和烏龜！）懷抱著極大的熱情，喜歡日本料理、滑雪和騎單車，有時候也喜歡靜靜的閱讀或看部老電影。